私人のエッセイと天へ浄化する哲学

間瀬美穂子
Mase Mihoko

私人のエッセイと天へ浄化する哲学

目次

序文

エッセイは読後に、それぞれの思考を巡らせて頂きたく思う。やさしい文章ではあるが、テーマは心の深奥に訴えた積りである。短文は、私なりの文章であり、先に出版した拙書同様である。星屑の様に連ねた短文に於いては、心のカタルシスを感じて頂ければ幸いである。

此の本を出版するにあたって、ご尽力頂いた、編集員の佐藤裕信氏に御礼申し上げたい。

間瀬美穂子

天へ浄化する哲学

カーニバルとは恨めしく経つ
夢の時間の如く
胸の鼓動と共に終わる
祭囃子の様であろう

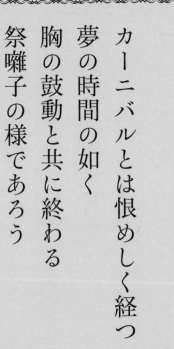

ノエルとは白い吐息と共に
聖なる日を告げるポインセチアの如く
厳かなるクリスマスツリーの
燿きの様であろう

愛とは素のままを受け入れる
真心の如く
歴とした心に溢れる
情の様であろう

悪心とは冬深いしじまの幻灯の如く
闇に映る枯葉の影絵の様であろう

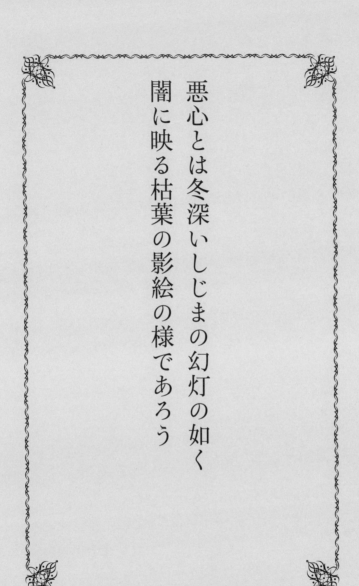

暗澹とは淀んだ池の底に沈む鮒の如く
雨風に打たれる枯れ果てた老木の様であろう

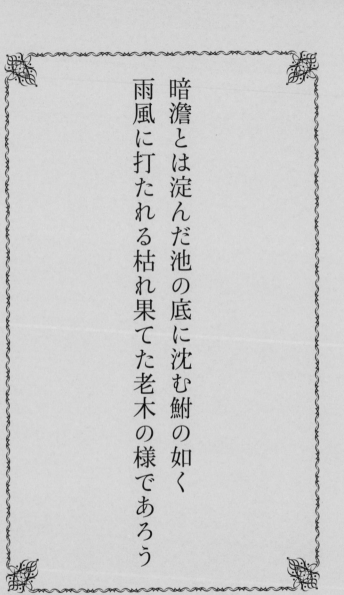

闇とは暗い中翼を広げる蝙蝠の如く
難渋して居る白昼の蝶の様であろう

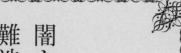

畏縮とはライオンの怒涛の唸り声の如く
豹に挫けた鼠の様であろう

一息とは冬に茶托の上の焙じ茶の如く
心に浮かぶ梅の花の様であろう

鋭利とはジャングルの闇夜を謳歌する
豹の眼の如く
殺伐とした砂漠に根を張る
サボテンの様であろう

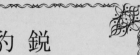

汚名とは不純の血を滲ませる悪魔の如く
不浄の場に居座る
ゴキブリの変容の様であろう

音色とはピアノの硝子の器の如く
天より堕ちた天使の囀りの様であろう

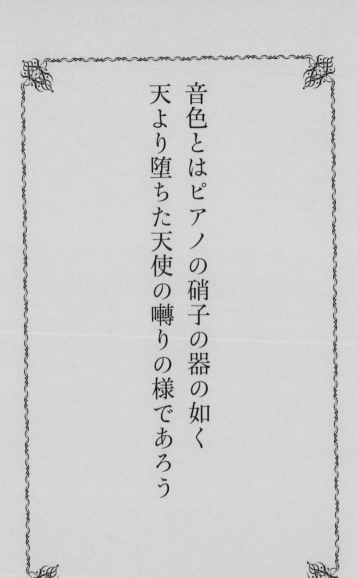

暇とは時間と行動の空間の様であり
煙草の灰の軽さと長さの様であろう

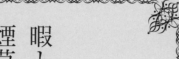

苛立ちとは
サボテンの棘が刺さった頭部の如く
人に握り拳を殴り付ける心の様であろう

華麗とは瀟洒な服を纏った孔雀の如く
華美な紅色に染まった
フラミンゴのダンスの様であろう

回想とは懐かしく想う
モノクロのメリーゴーランドの
影絵の様であり
切なくも思い出す
砂遊びの光の欠片の様であろう

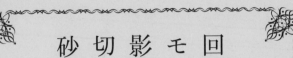

革命とは空っぽの天に
暗雲立ち込める雷の響きの様であり
満ち溢れる海に潮風の音轟き渡る
波しぶきの様であろう

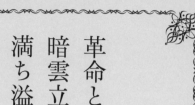

滑稽とは腹の出た煙草を吸う狸の如く
群れに紛れる尻の赤い猿の様であろう

乾杯とは芳醇な果実酒の泡の如く
心から祝う溢れ出る盃の音頭の様であろう

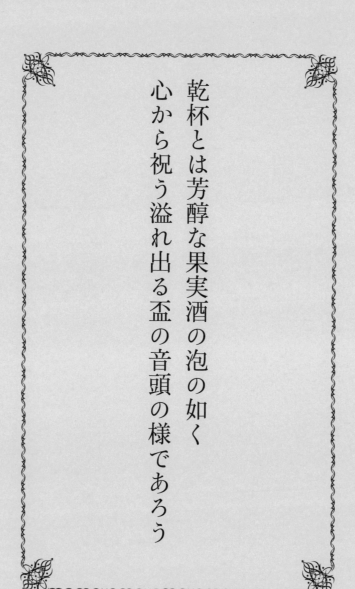

感触とは皮を剝いた冬瓜の色の様であり
種の詰まった無花果の実の様であろう

感動とは散々と破れる心の手紙の如く
割れんばかりの感嘆の拍手の様であろう

歓喜とは陽の様に喝采を浴びたダリアの如く
天の下に光彩を放つ星の様であろう

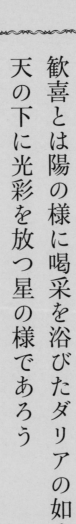

危機とは針の筵に座らされた雛人形の如く
ブラックホールに入り込んでしまった
天体の様であろう

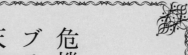

希望とは燦燦たる陽光の樹木の如く
蜜を携えた薔薇の花の様であろう

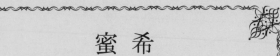

機能とは熱帯でする荒々しい呼吸の如く
北極での白い吐息の様であろう

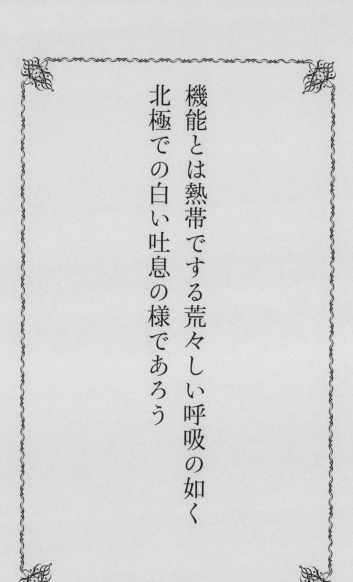

貴重とは美音と共に舞い降りる天使の如く
天から授かる不朽の生命の様であろう

偽善とは夜空に宙を浮いた義足の如く
地球について回る満ちる月の様であろう

欺瞞とは川辺に嘲笑う川蝉の如く
嘘の毛皮に包まれた狼の様であろう

吉報とは天より舞い降りた魔法使いの如く
美麗為る星屑の様であろう

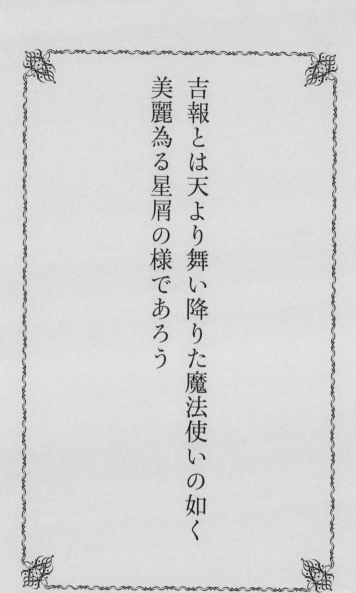

休火山とは枯れにし人影のすすき野の如く
時代の波に流された
時忘れのアンモナイトの様であろう

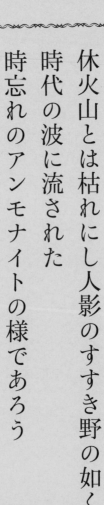

虚脱とは淡くかったるい白昼夢の如く
軽く骨抜きされた化物の様であろう

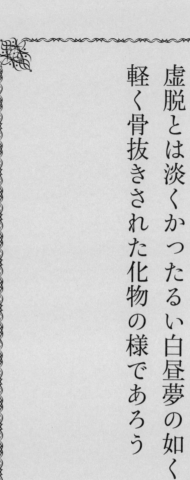

恐怖とは鷲掴みにされた野兎の如く
蛇に鵜呑みにされた蛙の様であろう

苦悩とは刻まれた骨千切られた肉体の如く
散々に縛れた骨肉の精神の様であろう

空虚とは切り倒して転がした丸太の如く
主の居ない苔むした金魚鉢の様であろう

空虚とは
鉄に錆び付いた波に埋もれる廃船の如く
白く浮かび上がる闇に見える
幽霊の様であろう

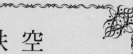

空腹とは人を喰う程の虎の胃の如く
ゴミ箱を漁る紺碧の空を舞う
暗黒の烏の様であろう

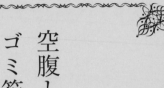

警告とは轟き聳え立つ塔の鐘の音の如く
知らせを教える高らかなベルの様であろう

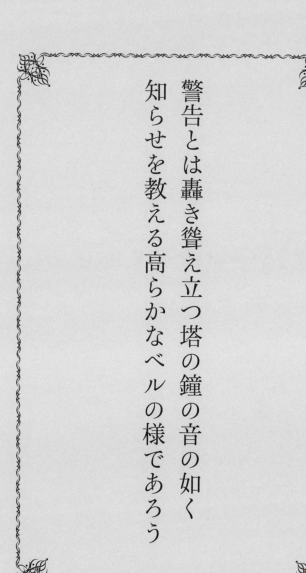

欠落とは轟音と共に崩れ落ちるビルの如く
土砂が流れる山の様であろう

決心とは真っ新な紙に滲ませる筆の墨の如く
心の天に伸びる新緑の葉の様であろう

喧騒とは鬱蒼と茂った騒めく草の音の如く
闇の都会を犇めく足音の様であろう

嫌悪とはおどろおどろしく
髑髏を巻いた蛇の如く
生々しく皮を剥いだ虎の様であろう

権力とは金色の絨毯に聳え立つ魔王の如く
雷鳴響かせる雲級の様であろう

現実とは暗雲立ち込める
粉雪刻まれた空気の如く
空へと聳え立つ灰色の銅像の様であろう

限界とは怠け者のブロイラーの叫び声の如く
泣き濡れた狼の悲鳴の様であろう

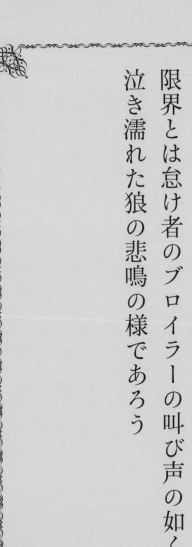

孤独とは打ち歪んだ心の老木の如く
ひっそり佇む暖炉の枯れた薪の様であろう

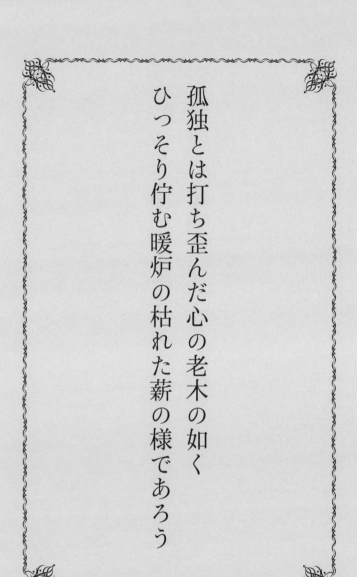

孤立とは汚れた血を流す狡猾な狐の如く
獲物に爪を立てる残酷な狼の様であろう

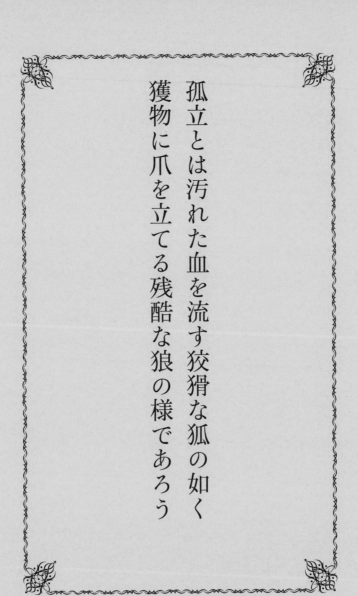

孤立とは
翳りを帯びた黒き雨の下の枯れ木の如く
闇雲に張り巡らされた蜘蛛の巣の様であろう

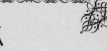

後悔とは骨肉を啄む闇の様な烏の如く
悪夢を劈く夜に翻る蝙蝠の様であろう

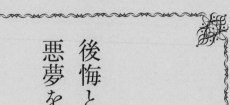

豪華とは宮殿の鏡の様な絢爛なる装飾の如く
城の塔の様な美化なる虚飾の様であろう

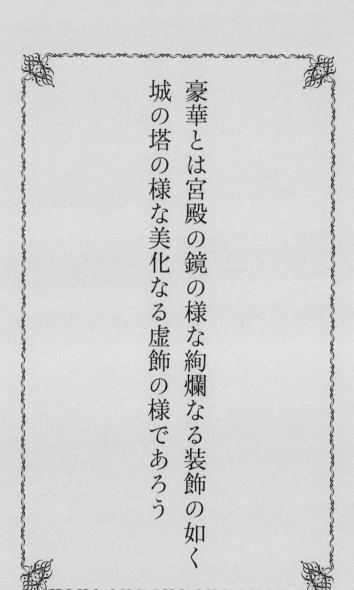

国命とは鮮烈で気鋭なる使者の祈りの如く
豊潤な王の溜息の様であろう

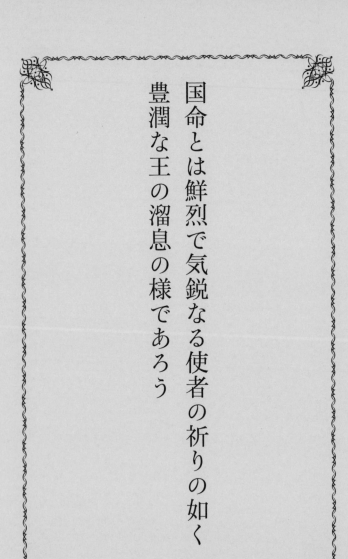

困窮とは頭の中から刻まれる包丁の音の如く
干乾た胡瓜の身の様であろう

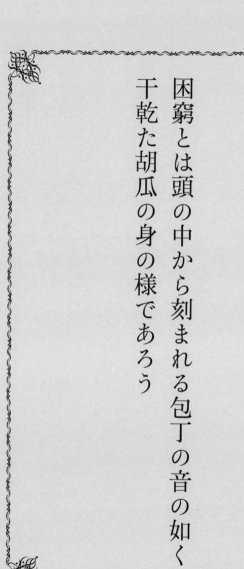

困惑とは矢を射貫かれた瀕死の猪の如く
瓶詰めにされた鹿の角の様であろう

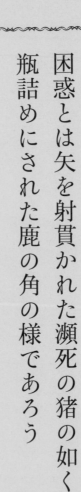

混沌とは
重い雨雲に覆われた小人の諍いの如く
餌にあぶれる昏迷な雄鶏の様であろう

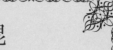

混乱とはややこしい輪の様な綾取りの如く
秩序のない頭脳の様であろう

混乱とは実が裂けた柘榴の脳の如く
撓に追いすがる
薄が見せる身体の様であろう

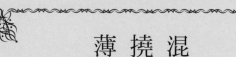

雑多な人混みの中に居る個人は
神と言う形があるのならば其の化身であろう

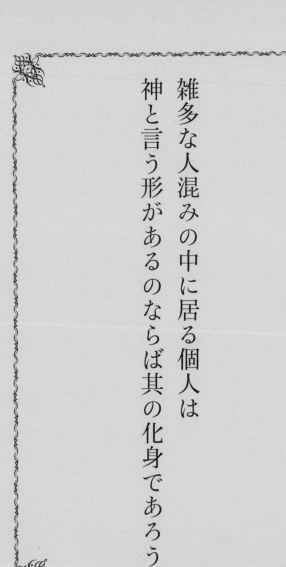

惨烈とはおんぼろの羽を持つ黒鳥の如く
尻尾を切り取られた溝鼠の様であろう

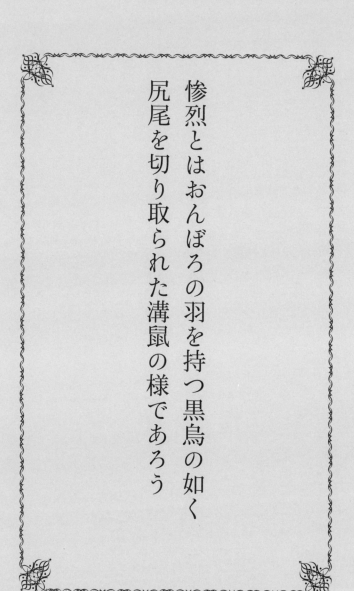

残虐とは暗澹たる死んだ鯨の残骸の如く
ただ生息している尾鰭の無い鯉の様であろう

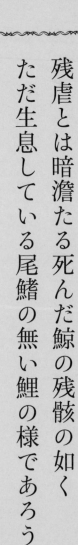

死とは記憶に甦る肉体の軋みの如く
燃焼した魂の叫びの様であろう

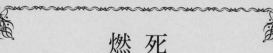

事故とは蜘蛛の子を散らす群衆の如く
痛み入る悲痛な残状の様であろう

自粛とは自らを細い縄で縛った狸の如く
自分を抑え付けられた罠の鼠の様であろう

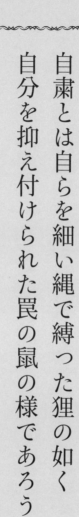

自縛とは霞み行く古城の影絵の如く
掠れ沈む廃船の黒煙の様であろう

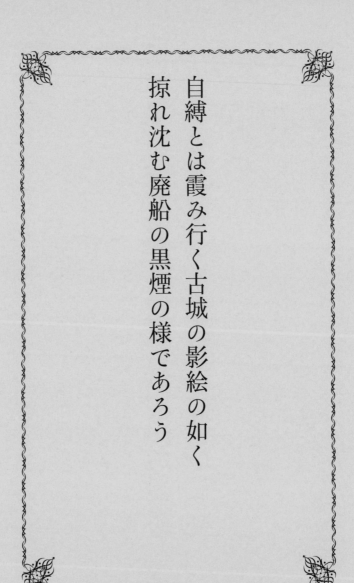

失意とは泣き腫らして充血した眼球の如く
徹夜で渇水した脳味噌の様であろう

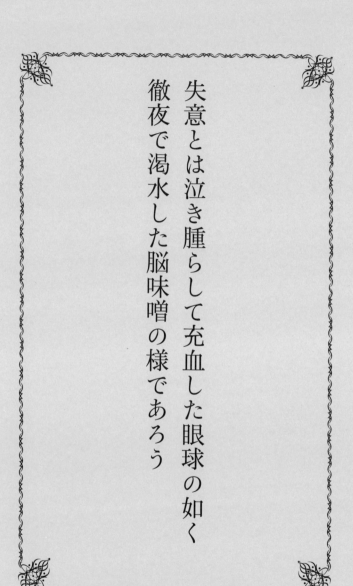

失意とは
乱雑ながらくたを乗せたトラックの如く
大切な指輪を捨てたごみ箱の様であろう

失言とは物言わせぬ残酷な首狩りの如く
強引に破いてしまった
重要な手紙の様であろう

失望とは朽ち果てて地に落ちる椿の花の如く
血の様にほんのり染まる
散り行く紅梅の様であろう

疾風とは漆黒の疾走する馬の蹄の如く
眺望がきく飛翔する燕の瞳の様であろう

寂寥とは
足音も無いビルの谷間の駐車場の如く
砂漠にぽつんと咲く
サボテンの花の様であろう

酒とは夕闇に認める深い酔いの如く
雨風が乱れる割れた硝子の様であろう

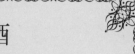

秋とは夏の終止符の香を運ぶ
金木犀の様であり
錨を下げるかの如く
重く実った稲穂の様であろう

秋日とは小春日和の嫋やかなる陽の如く
稲穂の様な長らかな雲の様であろう

終止とは生ける魂が迷走する霊柩車の如く
途絶える命が埋もれる墓の様であろう

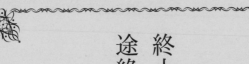

終末とは轟音とともに去り行く
最終の列車の如く
旅人が行き着く
荒野の流離の土地の様であろう

重鎮とは冷厳なる凍てつく鐘の音の如く
深々と降り頻る雪を疾風する
馬車の様であろう

春とは花弁が紅く染まる桜の如く
野に巡る黄色の菜の花の様であろう

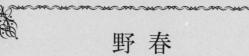

傷心とは悲鳴とともに暗黒へ誘う悪夢の如く
無声の朧げなる陽炎の様であろう

焦燥とは地を爪で削る黒牛の如く
月夜に吠える土佐犬の様であろう

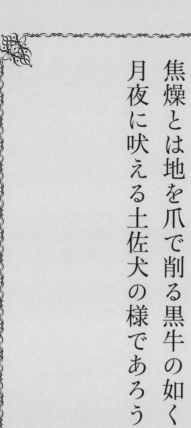

凄惨とは毛の抜けた黒猫の皮の如く
羽根を毟り取られた烏の様であろう

成長とは
ときめき息吹く早春の樹々の芽の如く
働き始める蛹の中の虫の様であろう

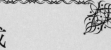

清純とは清らかなる純白のシクラメンの如く
新雪に埋もれたる椿の様であろう

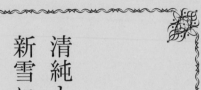

静寂とはひっそり岩陰に咲く山吹草の如く
闇夜に浮かぶ月の様であろう

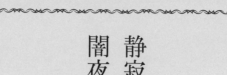

静粛とは淑やかな珠玉の月光の様であり
厳かな微かに聴こえる貝殻の音の様であろう

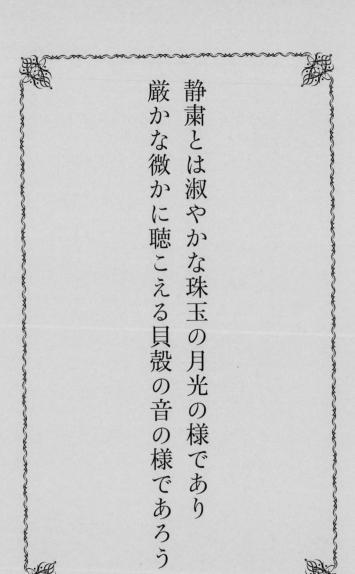

静養とは陽だまりの薔薇の芳香の如く
陽の光を浴びた花弁より運ぶ蜜の様であろう

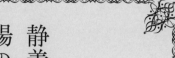

節食とは草々と生い茂る矛盾した柳の如く
紺碧の空に浮かぶ欲望の月の様であろう

雪辱とは雪解けの濁った血の様な悪魔の如く
静謐な壮麗なる天使の十字架の様であろう

絶体絶命とは低空飛行する動かない脳の如く
尊敬する者の止まった心臓の様であろう

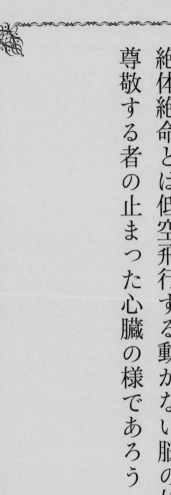

絶命とは涙脆くもいじましい鮒の餌の如く
生々しくも疾しい屠殺場の様であろう

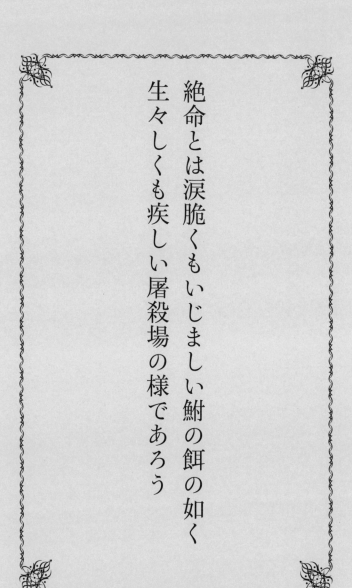

戦争とは
傷つき羽根の折れた飛べない鳩の如く
罪を侵した国の血の様であろう

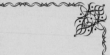

鮮明とは光線と共に射貫く矢の如く
青く煌めく地球の様であろう

蘇生とは心臓を射貫く迫力の氷の橇の如く
燃え盛る威力の火の鳥の様であろう

怠惰とは惰眠している牛の欠伸の様であり
冬眠している穴蔵の熊の涎の様であろう

地獄とは腹黒い強欲な悪魔の縄張りの如く
重き神の堕天使の住処の様であろう

恥辱とは
白いベールを被ったマグダラのマリアの如く
地に回る翳りかけの林檎の様であろう

中断とは呆然とした霧雨の頭脳の如く
屹然とした豪雪の中の頭蓋骨の様であろう

眺望とは青白く煌めき光る満月の如く
仄暗い遠く瞬く星の様であろう

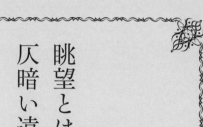

沈痛とは傷付いた滲む指先の血の如く
痛み入る雪中に轟音なる地響きの様であろう

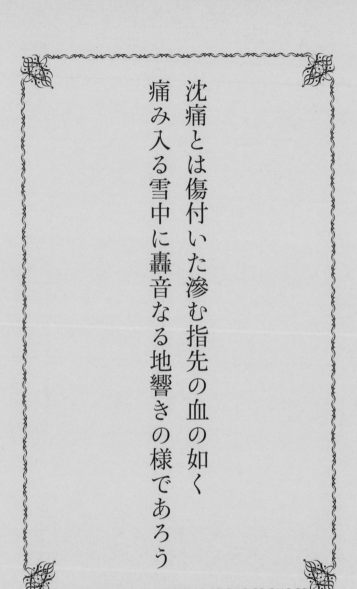

努力とは天に昇る悲鳴を上げた靴音の如く
地獄へ落下しない為の霊柩車の様であろう

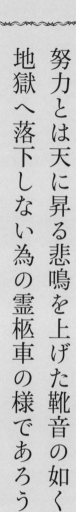

怒号とは太陽が焦げ付く頭の如く
どす黒い紅が流れる血管の様であろう

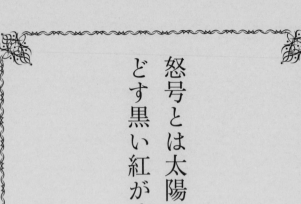

鈍重とは
灰色の皮に重く押し掛かる犀の瞼の如く
身体が鈍い象の脚の様であろう

鈍痛とは貪欲で鋭敏な鮫の如く
悪賢い吐血する狐の様であろう

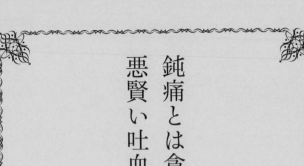

難渋とは涙と共に産まれる海亀の卵の如く
暗礁に乗り上げた初産の鯨の子の様であろう

日常とは
心静かに穏やかなるペチカの灯火の如く
白き道を邁進する雪橇の様であろう

入梅とは葉の陰に隠れる青蛙の如く
紫陽花に這い蹲る蝸牛の様であろう

入牢とは待針の刺さった針鼠の如く
竹藪に埋まっている筍の様であろう

悲哀とは懐を辿る夜行船の如く
命を立って落ちる椿の花の様であろう

悲哀とは削られた心の傷口の痕の如く
銃口に狙いを定められた獣の様であろう

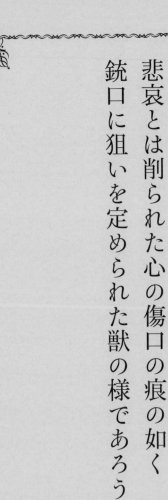

悲痛とは溢れ出る切り裂いた心臓の血の如く
地に響き渡る鮮烈な雷鳴の様であろう

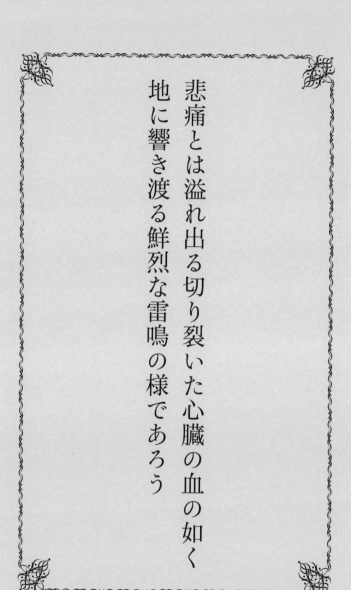

秘め事とは
粉雪舞い降りる様な小鳥の囀りの如く
天からの雷鳴受けた囁き声の様であろう

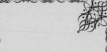

貧相とは残酷な溜息をつく鼠の如く
憎らしい時間を過ごす老犬の様であろう

貧乏とは
唾液とともにしみったれた濁り酒の如く
梁の歪み撓んだ傘の様であろう

頻雑とは燃え残る粉々に散る隕石の如く
朽木に住む纏わり付く羽蟻の様であろう

侮辱とは襤褸切れの様な穢れた血の如く
ブリキで出来た軋む骨の様であろう

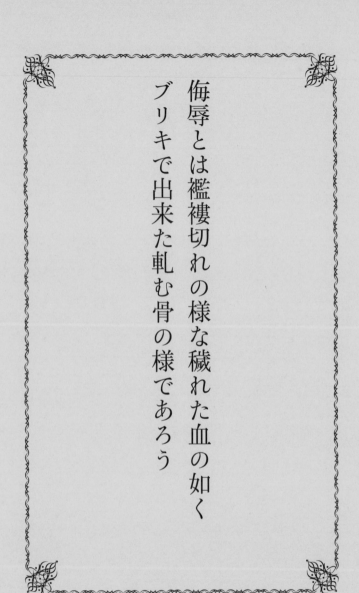

憤慨とは闇に突進する猪の鼻息の如く
千切り取られた赤い薔薇の様であろう

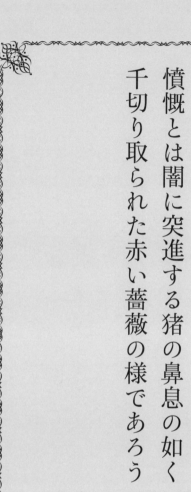

憤慨とは濁流する赤黒い溶岩の如く
砲発し下垂する鳳仙花の様であろう

変化とは雨の水滴に彩られた紫陽花の如く
素早く溶ける夏の氷の様であろう

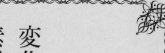

便りとは風と共に鈍音と手紙を運ぶ音の如く
音符の様に軽やかな文字の様であろう

墓とは祈りを捧げる亡霊の如く
心に棲まされる廃墟の様であろう

崩壊とは鋼の狂う鉄骨の建物の如く
集合していた放たれる鳥の群れの様であろう

崩壊とは熱く消えゆく頑丈な鉄の如く
闇の宇宙に欠ける月の様であろう

方向とは正確に示される風見鶏の如く
碁盤の目に刻まれた路の様であろう

望みとは桃の花が鏤められた天空の如く
ダイヤモンドが輝く王冠の様であろう

満足とは毅然と座に就く皇帝の如く
呆然と開けられぬパンドラの箱の様であろう

魅力とは
宇宙の引力に引き寄せられる月の如く
心が叫ぶ燃え盛る太陽の様であろう

無垢とは親鳥に餌を貰う稚拙な雛の如く
成長する煩悩の無い赤ん坊の様であろう

矛盾とは曲がった弾が込められた銃口の如く
羅列された音符に背く演奏の様であろう

名曲とは
旋律を自由自在に操る指揮者の如く
音楽の名演で夢心地になる
曲展開の様であろう

命令とは決まり回された指令の如く
堅く交わされた約束の様であろう

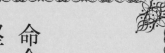

明朗とは青空に輝く太陽の光の如く
朗朗とした鶯の囀りの様であろう

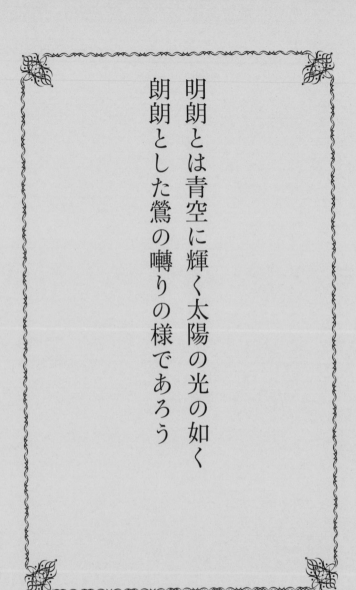

模索とは剛猛な張り裂ける熊の胃袋の如く
暗中の飛び降りる蝙蝠の影の様であろう

夜逃げとは口から泡吹く蟹の如く
ヤドカリの主が居なくなった貝の様であろう

愉快とは滑稽に踊るお化けの如く
操られたかの様に笑う骸骨の様であろう

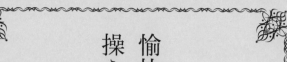

優雅とは光が分断され七色に輝く水晶の如く
祭り上げられた蠟燭の様であろう

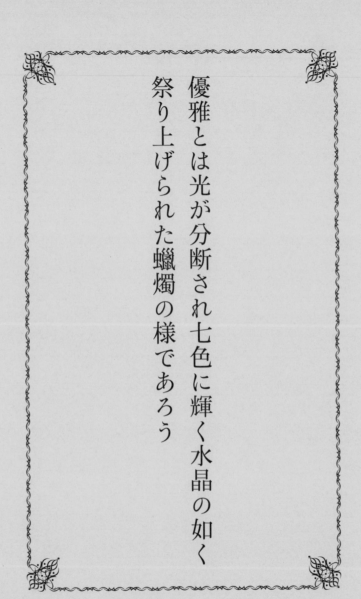

友達とは絶縁の切れた糸と針の如く
心に撓に実る稲の穂の様であろう

悠然とは船頭の唄に揺られるゴンドラの如く
戯れ連なり渡る白鳥の様であろう

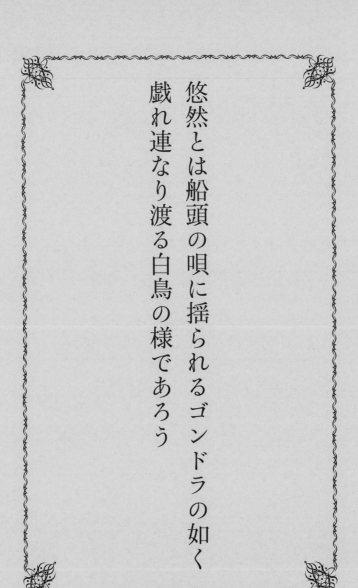

陽気とは朧気ながらさんざめく春霞の如く
梅の花に光明受けた春雷の様であろう

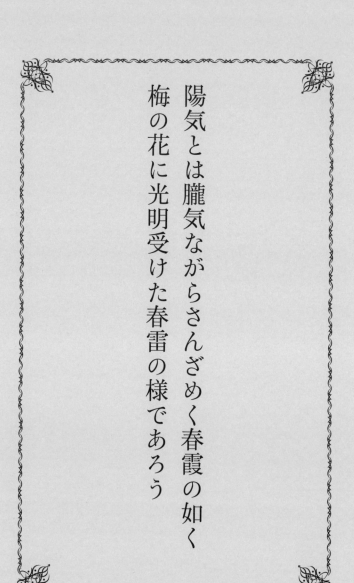

陽春とは白梅の様な粉雪の音の如く
耀映に目覚める春告げ鳥の囀りの様であろう

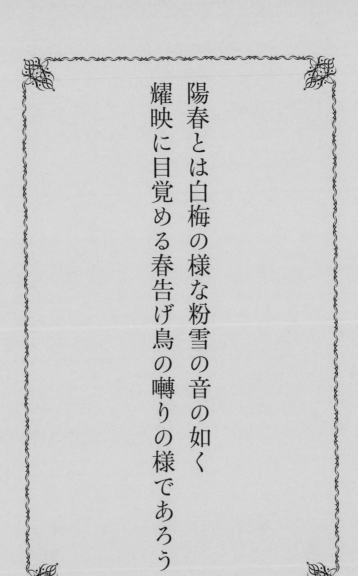

落胆とは蝙蝠の羽の翳りの様であり
騒めく夜の梟の哀韻の様であろう

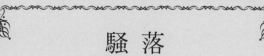

立腹とは紅く騒めく握り拳の柘榴の如く
黒く吐き出る噴火の溶岩の様であろう

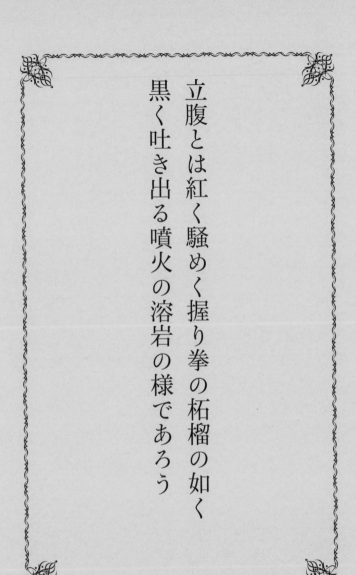

冷気とはさざめく空気に晒された樹氷の如く
凍れる雪に仰ぐ氷上の橇の様であろう

冷酷とは凍り付き光映る湖面の鏡の如く
身も千切れんばかりの流氷の様であろう

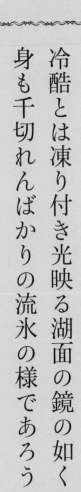

労働とは回し車に奮闘する二十日鼠の如く
灰色の服に身を包まれた
ロボットの様であろう

嘲笑とは偏見を持った尻の赤い猿の如く
睫毛の長いふたこぶ駱駝の
先入観の様であろう

憑依とは眼光鋭い狐の魂の如く
浮遊する流星の瞬きの様であろう

曖昧とは拙い口頭で伝える雲の話の如く
掴めない口の中で溶ける
雪の綿菓子の様であろう

猜疑心とは自己を守る子羊の如く
自身の甲羅に潜った亀の様であろう

猥雑とは物乞いをする貧相な鼠の如く
貧困な狸の排泄の様であろう

珈琲とは醸し出される悪魔の香りの如く
黒く熱く湧き出る泉の様であろう

饒舌とは
地の果てから注がれる笊の盃の如く
鳴き声麗しい雲雀の様であろう

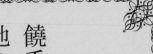

梅雨とは雨雲の下打ち沈む蛙の如く
除湿される霧の中を歩く河童の様であろう

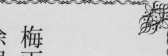

カンガルーとは
俊敏に地を蹴る尾の長い動物の如く
袋の中で安眠し育つ子の様であろう

秋とは草原の様に鏤められた秋桜の如く
紅く輝く明朗な鱗雲の様であろう

命とは綺羅星の如く
月の光に輝く絶対的存在であろう

熱情とは燃え盛るペチカの薪の炎の如く
天の太陽の火の輪を潜る
ライオンの様であろう

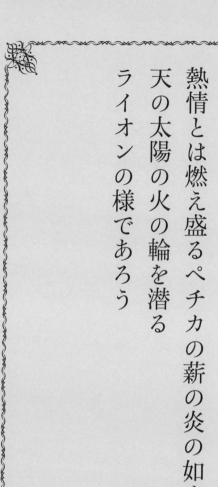

運命は魂の浄化である

私人のエッセイ

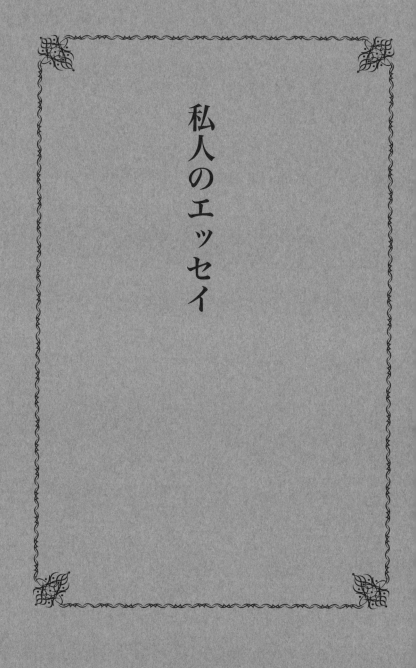

グレー兎

兎の名前は「けいちゃん」と言う。けいちゃんはネザーランドドワーフと言う種類の兎である。ネザーランドドワーフは、あのピーターラビットの元になった兎である。

今年、9歳になる。兎としては長命であるが、けいちゃんは、ごく最近食が細く、水も余り飲まなくなっている。

けいちゃんは雄で、少し肥満気味だ。良く人に懐いていて、ベッドに仰向けに枕までして眠る事もある。布団までかけてやると、そのまま眠りについて、暫く、そのポーズで、まるで人の子供の様である。兎に角、良く遊び、ジャンプ力も凄かった。

3日前より、何も食べず水も飲まなくなってしまった。獣医に診てもらおうと思ったが「大丈夫。回復する」と考えた。

今夜は満月。何か悪い予感がした。

夜中の2時頃、バタンバタンと言う音で目が覚めた。やけに元気だと訝しげに思ったが回復したのだと思い込んで、又、眠りについた。

翌日の朝。

気にしてみると、けいちゃんが、ぐったりしていた。死んでしまったのか。餌を取り替えたり、口元に水を与えたりしてみたが、受け付けない。トイレは綺麗で、排泄物もなかった。

夕方。

手を尽くしたが回復しない。横に伸びた様な姿で、目はパッチリしていた。けいちゃんの耳に届くように「けいちゃん、頑張って!」と叫んだが、聞こえているのだろうか。部屋では音楽がかかっていた。丁度、パッフェルベルのカノンが始まると、どうやら息を引き取ったようだ。そのまま、抱っこしたまま、涙と共に叫んだ。

「けいちゃん、お休みなさい!　未だ、ちょっと早いけどね!」

ドアノブ

蒸し暑い夜9時。仕事を終えた青年は、早く部屋に入り、エアコンを付けたかった。鍵を開けてドアノブを引くと、ドアノブが外れてしまった。

どうしよう。

これでは部屋に入れない。咄嗟に、外れてしまった所を回してみた。

駄目だった。

其れではと、失礼を承知の上、隣りの部屋のドアをノックしてみた。暫し、待ったが人の気配はなかった。

青年が、次に思いついたのは、接着剤だった。此の辺りでは、歩いて20分程のスーパーしかなかった。仕事で疲れていた青年は、少ししんどいがスーパーへと歩き出した。人気もまばらな暗い道を、ただひたすら、接着剤を手に入れる為、歩き続けた。身体が汗ばんで来た。額に汗を流して、目にも滲んで、目当てのスーパーが霞んで見えてきた。あと少し頑張れば、接着剤を手にする事が出来る。やっとの事で、スーパーに辿りついた。入るとエアコンがきいていて、ほっとした。暫く、汗が引くまでじっとしていた。それから、接着剤を探して店内を歩き回った。

あった。　接着剤。

何種類か、あったが一番安いものを手にして説明書きを読んだ。

これだ。

直ぐ会計に向かった。支払いを済ませ、部屋まで重い足を運んだ。

部屋のドアの下に置いてあったドアノブを拾い上げた。買って来た接着剤をパッケージから取り出して、ドアノブに満面無く塗った。

ドアノブをドアに付けた。

よし。

暫く、強くドアノブを押してみた。

そっとドアノブを引いた。

何と言う事か。部屋のドアが開いた。

汗だくで疲れ居た青年は、やっとの事で、部屋に入り電気を付けた。真っ先にエアコンも付けた。

もう、夜10時前。もう一回、青年は試してみた。矢張り、ドアノブは、しっかりとついていたのである。

何処か、滑稽だ。青年にとっては切実な思いだろうに。

疲れていた青年は、ほっとして内側から鍵をかけた。

其の翌日、仕事に出かけなければならない青年は、外側のドアノブを回した。しっかり付いていた。

青年は、昨夜の事を回想しながら、しげしげと眺めた。
ドアノブを。

黒いスニーカー

母方の叔父は四人兄弟の三番目であり、つまり母の弟である。何故か「つねちゃん」と呼ばれていた。

祖母が亡くなった。葬式で、記憶にないほど久し振りに、つねちゃんと会った。何かが欠如されているか、頭が弱いかの様に受け止めた。何故かと言うと、足元を見るとなんと黒いスニーカーだった。貧乏くさい思いがして違和感を覚えた。そもそも、黒いスニーカーは、葬式に相応しくないのだ。つねちゃんは、そういう場の為の靴を持っていないのだろうか。

そう言えば、母より聞いた話では、つねちゃんは未だに独身で配管工の仕事をしているとの事だった。成程。配管工の仕事用の靴なのだろうと思った。

安アパートを借りて独りで暮らししているのだろうと想像した。何か哀れに感じた。

葬式の帰りの電車のホームで、つねちゃんが立っているのを見かけたが声を掛ける事も出来なかった。つねちゃんの足元は黒いスニーカー。遠くからだが、そのスニーカーは、所々に泥がこびり付いている。それこそが、つねちゃんの人生の様な気がして何となく声を掛けられなかったのである。

家に帰ってから、母より、つねちゃんはアパートを借りていると話を聞いた。私の勘は当たっていたのだ。

つねちゃんの黒いスニーカーは孤独を醸し出していたのだ。

私は、つねちゃんがたった独りで、配管工の仕事をし料理から洗濯、掃除等々をしていると思い侘しく感じた。何が楽しくて人生を歩んでいるのだろう。勿論、孤独を好む人もいるだろう。

つねちゃんと連絡が取れないと言う電話が入った。

初めて家賃を滞納していた、つねちゃんの部屋へ向かう大家さん。
トントントントン。
鍵を開けた。
おどおどドアノブ引く。
昼間なのに照明は、付いていた。
テレビも付いていた。
大家さんが発見したものは、無言のつねちゃん。

無意味な昼のワイドショーが、ただ流れていた。
大家さんの悲鳴をかき消すかの様に。

独り人形

美幸と言う女性が自殺した。

しかし美幸は天に昇華されるであろう。

自殺には常に孤独と言うものがつき纏う。

美幸には夫も子供も居た。一見、孤独とは思えない。仲の良い家族であったが、それは、心の影とも言えよう。

美幸は、パチンコが好きだったが、料理は大層上手であった。洗濯、掃除等々家事は何でもこなす良き母親そして妻だった。

しかし、パチンコで、すったもんだに為ったり、ぼろ儲けする事もあった。

パチンコに関して少々述べさせて頂きたい。

それは、合法的なギャンブルであり、心の奥に「金」と言う影がある。

影は人形の姿をしている。人形が金を操る様なもの、それがパチンコである。そのパチンコに取り付かれた美幸は心の中に影があるのであろう。

ある時、美幸は入院している叔母の病院へ見舞に行った。叔母は、大層、金持ちであるが口約束で財産を全て、美幸に遺すと言った。美幸は驚いたが、夫や子供ましてや他人には明かそうとは思わなかった。

美幸は何時もジャージ姿で、これが美幸のお洒落であった。昔は、暴走族の仲間とも交流があった。今では卒業したものの、その頃のお洒落が身に染まっていた。

叔母が亡くなったとの一報が、美幸の人生が狂う予兆であった。美幸には妹がいたが、妹も家族を持っていた。侘しい生活を、余儀なくされていた妹の耳にも、この知らせが入った。妹は、叔母の財産を分け合おうと、話を美幸に言い寄って来た。美幸は、叔母の遺言を妹には打ち明けられなかった。

ある時、裁判所より「出廷」との知らせが美幸の元に届いた。暗に姉妹の確執を仄めかす。夫は傷心している美幸をパチンコへ誘った。夫から見れば美幸はパチンコも真面に出来ない様に映った。

裁判所で何があったのか。帰って来た美幸は魂のない人形の様であった。夫の目からすれば傷心している美幸の事が心配になったが、明日は仕事であり「愛してる」と言う他に慰めの言葉もなかった。どんなにか裁判所で痛い目にあった事か。

翌朝、夫は「仕事に行って来る」とわざと明るく美幸に告げ家を出た。


夕方16時17分。美幸より夫の携帯が鳴った。

「愛してる」

それが美幸の最後の言葉となった。


警察署より夫の携帯に悲劇的な連絡が入った。激流が走る。焦る夫。

内容は「あなたの奥さんですね。美幸さんは」

その一言で美幸の死を悟った。混乱したが、兎に角、娘に何とか連絡しようとした。一人、夫が家に戻ると、真っ暗な部屋に携帯がピカピカ赤く点滅していて、テーブルの上には三通の遺言状がひっそりと置かれていた。

ビルから砕け散った美幸。

享年46歳

邂逅

「千菊」と書いて「ちあき」と読む。千菊は小学一年生で、同い年の友達である。良く通る声で活発な女の子だ。クラスでも人気者だが、特別、仲良くしてくれていた。小学校に通う道の家のそばの十字路で、何時も長話をした。森君と言う男の子を前に、千菊ちゃんと、金切り声を上げて森君を閉口させたりした。

千菊ちゃんとの出会いは幼稚園に入った頃、千菊ちゃんが「なまえ、なんていうの?」と声をかけてくれた事である。

小学校に通う時は何時も一緒だった。思うがけない事に千菊ちゃんとは二年生まで同クラスだった。千菊ちゃんには、一頼君と言う三つ違いの弟がいた。それから、ずっと年が違う妹。知香ちゃん。小学校一年生の時、千菊ちゃんの母親が、映画に誘ってくれた。題名は確か「白雪姫」で生まれて初めて観る映画だ。その大音響と大画面と暗闇に、後々、引き込まれる事になるとは。

一番のお友達の千菊ちゃんは、勉強は余り熱心ではなかった。その千菊ちゃんが、おとなしかった自分に仲良くしてくれたのは何故だったのだろうか。単に幼稚園からの付き合いだったからなのか。幼稚園は、キリスト教の園でロザリオを買わされたり、聖書の教えを、子供なりに解釈してくれた。

小学校三年生からは、別々のクラスになった。他にお友達もいない自分は独りポツンとしていた。そこに千菊ちゃんが「独りじゃない。大丈夫？」と声を掛けてくれた。穴の中のもぐらの様だった自分には天使の様な声だった。

その声は、今でも「邂逅」を思わせる。

やがて、クラス替えの後、半年もたたないで自分は引越しする事になった。引越しの日の前日、千菊ちゃんと、別れを告げる為に、あの十字路で会う事になった。長話の後で、何時もの様に「バイバイ」と言って別れた。

あ。母親に言われてたのに、千菊ちゃんの住所も電話番号も聞いてなかったのだ。もう、会えない事に気付いた。

でも、いつか。

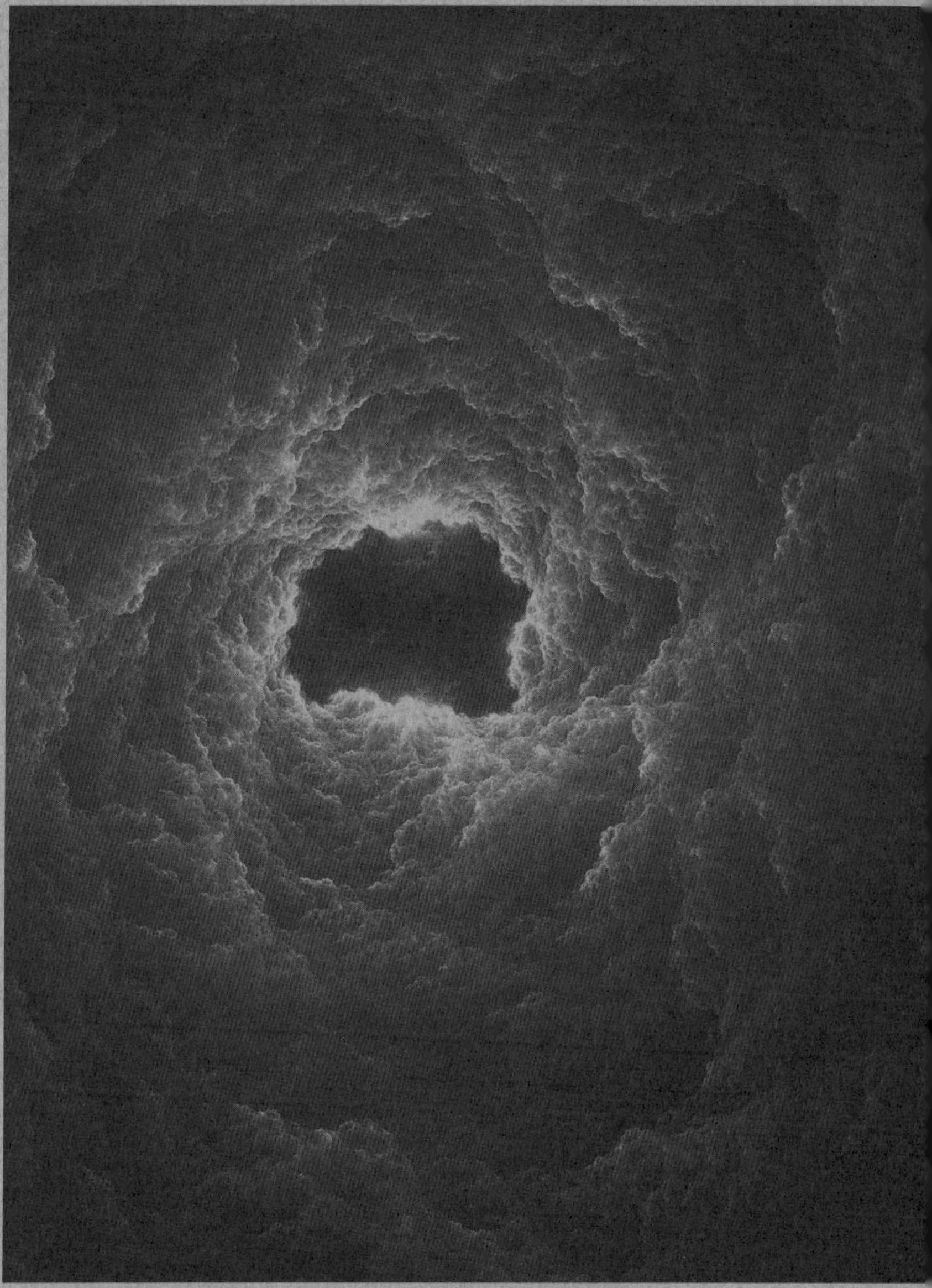

あとがき

此の本の読後に、私の雷鳴と共に皆様が何かしらのインスピレーションを受けて頂ければ幸いである。

特に「私人のエッセイ」は、初めての試みで実体験を元に花弁の様な優しいエッセイとした。

皆様と言葉を分かち合いたいと思う。

文章は、心の金鏡であり、闇を映し出すであろう。

月の灯。

只、それだけで、此の本を執筆する事が出来た。

最後に、お読み頂いた皆様にお礼申し上げます。

二〇二一年一月

間瀬美穂子

◆著者略歴
間瀬美穂子（ませ・みほこ）
1963年生
日本大学芸術学部放送学科卒
日本映画新社等映像の仕事に就く
その後哲学を独自に勉強
2018年2月『罪なる哲学』
2018年7月『罰を宣告された哲学』
2019年11月『神に裏切られた哲学』
を発表